CONVERSACIONES CONMIGO MISMA

AMIGA, DATE CUENTA

CONVERSACIONES CONMIGO MISMA

AMIGA, DATE CUENTA

PRECARIADA
LAURA ÁRBOL
BÀRBARA ALCA
DANIELLA MARTÍ

Primera edición: marzo de 2023

Dirección editorial: Berta Márquez
Coordinación editorial: Carolina Pérez
Dirección de arte: Lara Peces

Impresores, 2
Parque Empresarial Prado del Espino
28660 Boadilla del Monte (Madrid)
www.grupo-sm.com

ISBN: 978-84-1962-103-0
Depósito legal: M-3621-2023
Impreso en la UE / Printed in EU

PARA TODAS LAS PERSONAS
QUE SE HAN SENTIDO DIFERENTES,
QUE HAN DESEADO QUE TODO FUERA
DE OTRA MANERA, QUE HAN SOÑADO
CON SER ALGUIEN DISTINTO Y QUE ALGUNA
VEZ HAN PENSADO QUE LAS COSAS SOLO
PUEDEN IR A PEOR. NOSOTRAS PASAMOS POR
LO MISMO HACE UNOS AÑOS, Y AQUÍ ESTAMOS:
ENCONTRANDO NUESTRO SITIO POCO A POCO.

MUCHO ÁNIMO CON EL CAMINO QUE TENÉIS
POR DELANTE. TENDRÁ COSAS BUENAS
Y MALAS, PERO OS VA A FLIPAR. PROMETIDO.

NUNCA PODRÉ SER TODAS LAS PERSONAS QUE QUIERO SER NI VIVIR TODAS LAS VIDAS QUE QUIERO VIVIR. JAMÁS PODRÉ APRENDER A HACER TODAS LAS COSAS QUE QUIERO APRENDER A HACER. Y ¿POR QUÉ QUIERO? QUIERO VIVIR Y SENTIR TODAS LAS TONALIDADES, MATICES Y VARIACIONES DE LA EXPERIENCIA MENTAL Y FÍSICA QUE SEA POSIBLE.

—SYLVIA PLATH

PRECARIADA

¿CÓMO HE PODIDO GUARDAR TANTAS COSAS EN ESTE CUARTO TAN PEQUEÑO?

¿Y CÓMO DECIDO QUÉ COSAS INÚTILES Y QUE LLEVO GUARDANDO DESDE HACE AÑOS DEBERÍA TIRAR? QUÉ DIFÍCIL ES ESTO...
COSAS IMPORTANTES
BASURA

QUÉ FUERTE QUE YA NO VAYA A VIVIR EN ESTE CUARTO MÁS...
NÉMESIS

LLEVO SOÑANDO DESDE LOS 16 CON ESTE MOMENTO:

(OBVIAMENTE, NADA PASÓ COMO YO PLANEÉ)

ME DA PENA IRME DE AQUÍ, PERO TAMBIÉN TENGO MUCHAS GANAS AUNQUE NO VAYA A SER COMO YO CREÍA. COMPARTIR PISO CON MIS AMIGAS VA A MOLAR MUCHO

OSTRAS, ESO NO SERÁ...
16
¡MI CAJA DE RECUERDOS DE CUANDO TENÍA 16 AÑOS!
16
¡WOW! SIENTO QUE TIENE EL PODER DE HACERME VIAJAR EN EL TIEMPO...
16
JOLÍN, CÓMO ME GUSTARÍA VOLVER A ESA EDAD Y NO RAYARME POR TONTERÍAS

¿Y ESTO...?
CÓMO ME VEO EN EL FUTURO
SI CONSIGO QUE ALGUIEN ME QUIERA, ME CASARÉ CON 30 AÑOS CON MI NOVIO DE LA UNIVERSIDAD. TENDRÁ UN BUEN TRABAJO EN UN BANCO Y VIVIREMOS EN UN CHALET ADOSADO CON JARDÍN. TENDREMOS 3 HIJOS Y UN LABRADOR.
YO CREO QUE SERÉ ABOGADA.
¡¿ESTO LO ESCRIBÍ YO O MI ABUELA?! ¿CÓMO LE PUDE DEDICAR TAN SOLO 5 PALABRAS A MIS ASPIRACIONES PROFESIONALES? ¿TAN COMIDO ME TENÍAN EL CEREBRO CON EL MALDITO AMOR ROMÁNTICO?
Y LO DE "SI CONSIGO QUE ME QUIERAN"... UF
Y, SOBRE TODO...,
¡¿POR QUÉ NO SALEN MIS AMIGAS?!
16

BUENO, SE ACABÓ LA NOSTALGIA CON COSAS QUE YA NO SE PUEDEN CAMBIAR. VOY A SEGUIR HACIENDO CAJAS...
16
16
¡¡AYUDAA AAA!!
16

¿QUÉ QUIERES SER DE MAYOR?
LO QUE SE ESPERA DE MÍ...

ÉRASE UNA VEZ UN
CUENTO JAMÁS CREADO
PERO QUE OJALÁ ME
HUBIESEN CONTADO.
HACERSE MAYOR NO ES
UN CAMINO DE ROSAS,
PERO TAMPOCO ESTÁN MAL
LAS ZARZAS VENENOSAS.
TIENES MÁS LIBERTAD,
JUICIO E INDEPENDENCIA
ECONÓMICA Y LOS COMPLEJOS
PASAN A SER UNA COSA
MUY CÓMICA. SI NO QUIERES
ARREPENTIRTE CON EL TIEMPO,
QUÉDATE UN MOMENTO.

¡CABALGA HACIA TODO LO QUE NUNCA ME DIJERON, PERDIGÓN!

¡CUÁNTO TIEMPO, TITI! ESTÁS AQUÍ PORQUE LLEVAS AÑOS FANTASEANDO CON SER ADULTA Y LA COSA HA ACABADO SIENDO MUY DIFERENTE, ¿VERDAD? TRANQUI, TE ENTIENDO. ¿TE APETECE TOMAR UN CAFELITO CON UNAS AMIGAS MÍAS?
LECHE DE AVENA
SUPONGO QUE NO ME QUEDA MÁS REMEDIO

El Tiana Bar
Tiana Bar
¡BIENVENIDAS A MI REINO, TITIS!
LECHE DE AVENA
BUENO, ME VOY A TERAPIA PARA SEGUIR APRENDIENDO A GESTIONAR LOS CASTILLOS EN EL AIRE QUE ME MONTO FRUTO DE MIS ENORMES ASPIRACIONES. ¡CHAO!
¡CHAO!

¡BUEEEEENO! ¿Y QUÉ QUIERES?
UN CAFÉ, PORFA
NO, QUE QUÉ QUIERES. EN TU VIDA, DIGO
¡AH! PUES... SIEMPRE HE QUERIDO SER ARTISTA
PERO ME DIJERON QUE ESTUDIASE "ALGO CON FUTURO"
SI ES LO QUE SIEMPRE HAS QUERIDO, TIENES QUE INTENTARLO AL MENOS. PERO NO DEBES FRUSTRARTE SI NO LO CONSIGUES. LO IMPORTANTE ES EL VIAJE
Y RECUERDA: LA INDEPENDENCIA ECONÓMICA TE HARÁ LIBRE, ASÍ QUE BÚSCALA SIEMPRE, ¿VALE?

PERO... ¡¿Y SI SALE MAL Y ME QUEDO ATRÁS?!
MENUDA TONTUNA. YO ME ACABO DE SACAR LA CARRERA DE DISEÑO A MIS CASI 30 Y HE CREADO UNA START-UP DE ZAPATILLAS CHULÍSIMAS QUE VA COMO UN TIRO
CADA UNO LLEVA SUS TIEMPOS EN LA CARRERA DE LA VIDA. SI TODOS FUÉSEMOS CORRIENDO AL MISMO RITMO, NO HABRÍA NINGUNA EMOCIÓN EN LLEGAR A LA META
MOLA

CLARO, Y ESTÁ BIEN QUE NO SEPAS QUÉ CARRERA ESTUDIAR, QUE TE EQUIVOQUES ELIGIENDO O QUE QUIERAS CAMBIAR DE RUMBO EN UNOS AÑOS. ¿SABES QUÉ? NO PASA NI MEDIA. CAMBIAS Y PUNTO
ES MÁS, A LO MEJOR TU TRABAJO IDEAL NO EXISTE. TODAVÍA
¡WOW! SI ES QUE LO SABES TODO, TÍA. ERES LA MEJOR

¿Y SI NO ENCUENTRO REFERENTES PARA GUIARME E INSPIRARME EN EL CAMINO?
CONVIÉRTETETE EN EL REFERENTE QUE TE HUBIESE GUSTADO TENER DE PEQUEÑA
¡ESO, NENA! ¡DALE CAÑA!

VOY A DAR UN PASEO POR AHÍ
¡DISFRUTA!
MALDITO PETER, ÉL SÍ QUE SABÍA QUE SER UN ADULTO FUNCIONAL APESTA
JOLÍN...
...CREO QUE EN ESTE MUNDO NO HAY COBERTURA
¡AAAAH!

JOE, SEGURO QUE ME HA VISTO TODO EL MUNDO CAERME
QUÉ VERGÜENZA...
¿A ESTAS ALTURAS TODAVÍA NO TE HAS DADO CUENTA DE QUE LA GENTE SOLO SE FIJA EN SU OMBLIGO Y QUE NO TE ESTÁN MIRANDO SIEMPRE?
¿QUIÉN HA DICHO ESO?
DEJA DE INTENTAR COMPLACER A TODO EL MUNDO, TIENES QUE HACER LAS COSAS PARA TI
¡ESO, ESO!
ESCUCHA: YO PERDÍ LA VOZ Y LA LIBERTAD PORQUE EL AMOR ME ATONTÓ. ERES LIBRE DE ELEGIR TU CAMINO Y, SI PUEDES, VETE A VIVIR FUERA UN TIEMPO Y ABRE TU MENTE
PERO, PORFA, NO LO HAGAS POR AMOR
(AL MENOS, NO LA 1.ª VEZ)

CREO QUE HE TRAGADO TANTA AGUA COMO MENTIRAS DURANTE TODA MI VIDA. A PARTIR DE AHORA ME VOY A CENTRAR EN HACERME FELIZ A MÍ MISMA, LEÑE
¿Y ESTE BOSQUE PROBABLEMENTE ENCANTADO A DÓNDE LLEVARÁ?
PUES DE PERDIDOS AL RÍO, A VER QUÉ MÁS ESCONDE MI CABEZA

¡QUÉ PASA, TÍA! ESTOY EN MI SESIÓN DE TERAPIA, PERO YA ESTÁBAMOS ACABANDO
¿POCAHONTAS?
¡¿TÚ TAMBIÉN VAS A TERAPIA?!
CLARO. ESTARÍA LOCA SI NO VINIESE A DESCUBRIR QUIÉN SOY Y A TRATAR TODOS MIS TRAUMAS FRUTO DE ESTE MUNDO LOCO, RACISTA, CAPITALISTA E INDIVIDUALISTA
VEN AQUÍ, QUERIDA
HOY HEMOS ESTADO HABLANDO DE LA DISMORFIA, EL MIEDO AL FUTURO Y EL RECHAZO A MI REALIDAD POR PENSAR QUE NO ES TAN GUAY COMO LA DE LOS DEMÁS. SÍ, YO TAMPOCO ME ESCAPO, PERO TODO ES CULPA DE LAS MALDITAS REDES SOCIALES
COMPARARSE CON UNA FALSA REALIDAD ES ABSURDÍSIMO, ¿NO CREES?
MMM... NOTO TRAUMAS SIN RESOLVER. ¿QUIERES QUE HABLEMOS DE TU MADRE, CORAZÓN?
UFF, PASO
VENGA, VAMOS, QUE QUIERO ENSEÑARTE ALGO

SIEMPRE TE HA COSTADO ENCAJAR, ¿VERDAD?
PA' QUE TE VOY A DECIR QUE NO, SI SÍ
Y SABES QUE ESO NO ES MALO, ¿NO?
ESO DICEN, PERO A VECES ME ENCANTARÍA SER ABURRIDAMENTE NORMAL
¿SER COMO LOS DEMÁS? MENUDO ABURRIMIENTO. SER DIFERENTE ES UN REGALO, UNA AVENTURA. ADEMÁS, LA SOLEDAD NO TIENE NADA DE MALO A VECES. INCLUSO DIRÍA QUE ES NECESARIA PARA ENCONTRARNOS A NOSOTRAS MISMAS, ENTENDERNOS Y PERDONARNOS
BUENO, VISTO ASÍ...
¡ESO ES!

ADEMÁS, CON 16 AÑOS PENSABAS QUE NADIE TE IBA A QUERER, QUE ERA IMPOSIBLE QUE ALGUIEN PUDIESE ENAMORARSE DE TI... ¿VERDAD?
MADRE MÍA, NO SABÍA QUE TENÍA A TANTA GENTE MÁGICA VIVIENDO POR LA CARA EN MI CABEZA
NO USES EL HUMOR COMO DEFENSA Y ESCÚCHAME BIEN:
QUERIDA, NUNCA OLVIDES QUE LO QUE DIGAN DE TI NO ES VERDAD Y, SOBRE TODO, QUE TU FÍSICO NO ES LO MÁS IMPORTANTE. LO ÚNICO QUE CUENTA ES QUIEN ERES Y LO QUE TIENES EN TU CEREBRITO
RECUERDA: ERES UNA PUTA DIOSA

ESTOY APRENDIENDO MÁS EN ESTE VIAJE QUE EN 15 AÑOS DE ESCOLARIZACIÓN ESTATAL OBLIGATORIA. QUÉ FUERTE
PERO... ¿VOSOTRAS TAMBIÉN ESTÁIS AQUÍ?
!!!
CLARO, HEMOS CAMPERIZADO UNA VAN PARA RECORRER LIBREMENTE TODAS LAS HISTORIAS QUE VIVEN EN TU CABEZA
QUÉ MOVIDAS TE MONTAS, ¿EH?
NENA, ESCUCHA, TE MERECES AMOR, Y MUCHO, PERO NUNCA DEJES TU VIDA NI TUS SUEÑOS POR LA PRIMERA PERSONA QUE TE DIGA QUE TE QUIERE. Y MENOS SI LA RELACIÓN ES MÁS TÓXICA QUE CHERNÓBIL. HUYE. Y, SOBRE TODO, NO TE BAJES DEL PUÑETERO AVIÓN COMO YO
EL AMOR TIENE QUE SER FÁCIL. SI NO, AHÍ NO ES
LAS AMIGAS SÍ QUE SON LO MÁS IMPORTANTE Y LAS QUE VAN A ESTAR A TU LADO PASE LO QUE PASE. NUNCA TE SEPARES DE TUS TITIS, ¿VALE?

Y HABLA CON ELLAS DE TODO. QUE YO PENSABA QUE TOCARSE ESTABA MAL HASTA QUE ME ENTERÉ DE QUE ELLAS TAMBIÉN LO HACÍAN DESDE LOS 11. FLIPAS
BUAH, YA VES
Y SI NO LO HACEN, TE CRITICAN O TE HACEN SENTIR MAL, CONFÍA EN TU INSTINTO, Y PUERTA. PUEDES HACER AMIGAS NUEVAS, QUE NO ESTAMOS PA' PERDER EL TIEMPO
CONFÍA Y NO TENGAS MIEDO.
EL TIEMPO TE SORPRENDERÁ CON TODO LO QUE NI TE IMAGINAS QUE VAS A SER CAPAZ DE CONSEGUIR, TITI
ERES LUZ. NO DEJES QUE NADIE TE APAGUE

eres luz, no dejes que nadie te apagueeeee

OJALÁ ME HUBIESEN CONTADO ANTES CÓMO IBA A SER EL CUENTO

LAURA ÁRBOL

Entonces... ¿ya eres una mujer adulta que sabe lo que hace?
A ver, soy una mujer adulta que lleva *blazer* para que parezca que sabe lo que hace con zapatillas de deporte porque se resiste a perder el aire juvenil... Juzga tú misma

¡HOLA! ¿QUÉ TAL?
BIEN
REGU
MAL
Mi madre siempre dice que nadie escarmienta en cabeza ajena
Dios mío, ni se te ocurra estudiar Bellas Artes
Pues últimamente estoy pensando en estudiar Bellas Artes
Creo que se refiere a que dan un poco igual los consejos que te den, porque, hasta que no lo experimentes en tus propias carnes,
NO APRENDERÁS
Efectivamente, estudiar Bellas Artes fue lo PEOR
TE LO DI JE
ENTONCES, TÚ TE ESTARÁS PREGUNTANDO...
¿Para qué demonios escribes este libro?
¿Qué sentido tiene?
¿De qué diantres me servirá leer esta turra?
LIBRO CHULÍSIMO
blabla bla bla bla
!!!!!
El caso es que hay dos razones principales
La primera podría ser demostrar que estudiar Bellas Artes no es LO PEOR. Sirve, por ejemplo, para hacer este libro
Y para pintar los bodegones de naturaleza muerta con los que tus padres decorarán la cochera
Y en segundo lugar creo que es posible que te reconforte leer que otra persona ha tenido las mismas preocupaciones que tú
Pues al final no estaba tan loca
DE MOMENTO, VAMOS A DEJAR A UN LADO LAS NATURALEZAS MUERTAS...
Para hablar de cosas vivas: nuestros cuerpos

HABLEMOS SOBRE CÓMO SOMOS CON NOSOTRAS MISMAS
Pasa algo curioso cuando veo fotos de cuando tenía 16 unidades de años
Qué guapa estaba
LIBROS SOBRE COSAS MUY ABURRIDAS ESCRITOS EL 90% POR SEÑORES MAYORES QUE SE CREEN MUY MODERNOS
Bueno, eso no es realmente curioso. Lo curioso es lo que pensaba cuando veía la foto en ese momento...
¡¡¡Qué fea, horripilante y desastrosa!!!
DONDE AHORA VEO UNA FOTO DE UNA CHICA JOVEN Y GUAPA, ANTES VEÍA...
PIEL GRASA
Brillo hasta en la oscuridad
GRANOS
¡Hola! Soy Pedro, encantado
PELOS INDESEADOS
Bu
Bu
LABIOS FINOS
¿Y si esta noche no cenas?
DEMASIADA CINTURA
PUNTOS NEGROS
Agujeros negros, más bien

¿ES O NO ES CURIOSO?

☐ ES CURIOSO, ES CURIOSO
☐ NO ES PARA NADA CURIOSO

Y BAJO ESA LUPA SURGÍAN AUTÉNTICAS PELÍCULAS DE TERROR QUE QUIZÁS TE RESULTEN FAMILIARES

EFECTIVAMENTE, ERA UNA PELÍCULA DE MIEDO EN "LAS 4D"

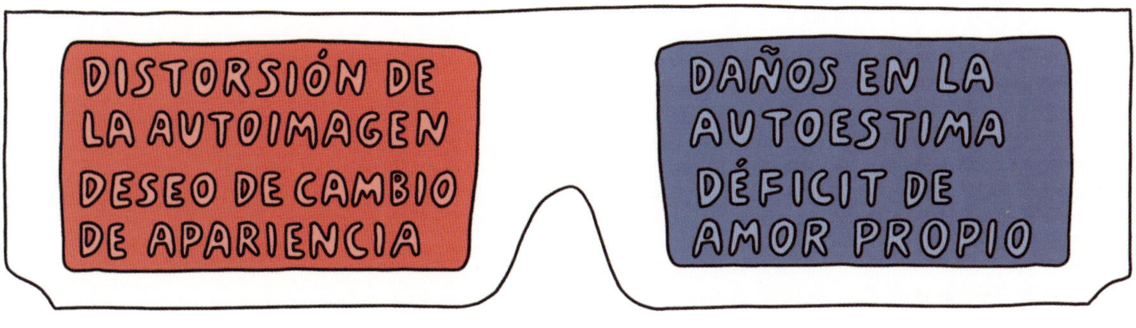

PUES AL FINAL PARECE QUE LA CULPA NO SOLO ES DE INTERNET...

LA BUENA NOTICIA ES QUE LA AUTOESTIMA SE TRABAJA CADA DÍA

- ☐ Y YO ESPERANDO A QUE VINIERA SOLA
- ☐ YA ESTOY EN ELLO
- ☐ POR SUPUESTO, SOY EXPERTA

HABLEMOS AHORA SOBRE EL GRAN ICEBERG

ACTO I: Caminas tranquilamente por la calle pensando en tus cosas

ACTO II: Aparece en escena un señor calvo desconocido que podría ser tu padre

ACTO III: Aquí sí, hagamos *zoom* sin miedo para apreciar los detalles

ACTO IV: Sigues caminando con resignación y desconcierto

SEGURO QUE YA PUEDES INTUIR A DÓNDE QUIERO LLEGAR CON ESTO

- ☐ LO SABÍA DESDE EL MINUTO UNO
- ☐ CUÉNTAME MÁS, POR FAVOR

PUES EL EJEMPLO DE LA PÁGINA ANTERIOR ES SOLO LA PUNTA DEL ICEBERG DEL MACHISMO
PERO VEAMOS SI TE SUENAN ESTOS OTROS...
Me parece que no quiero ver el iceberg completo
¿Cerró usted bien las piernas?
¿Entonces tu novio te ayuda en casa?
Dónde irá así vestida
Luego pasa lo que pasa
Hoy vamos a estudiar Historia Universal
MUCHOS NOMBRES DE HOMBRES
¿Seguro que quieres hacer *ballet*? ¡Si eso es de nenazas!
Que me expliquen cómo puedo ser yo machista, si tengo una hermana
Y además MATARÍA por ella
Avísame cuando llegues a casa
No es que mi jefe sea un sobón asqueroso, es que es muy atento
Eres muy madura para tu edad

La cuestión es que, cuando empiezas a atar cabos, ya no puedes parar nunca
Está por todas partes
Socorro
Por suerte, hay algo más que cada vez es más facil de encontrar también por todas partes
¿Dios?
ME ESTOY REFIRIENDO AL MOVIENTO FEMINISTA
Uy, esas son las que no se depilan
Y me refiero también a la sororidad
Que no significa que tengamos la obligación de llevarnos bien solo por ser mujeres
Más bien, busca el apoyo mutuo
... entre mujeres...
... ante situaciones machistas...
... que nos afectan a todas.

HABLEMOS SOBRE EL PRIVILEGIO

- ☐ ¿NO ACABAMOS DE HABLAR SOBRE ESO?
- ☐ AH, ¿QUE HAY MÁS PRIVILEGIOS?
- ☐ NO ENTIENDO NADA

Imagina que ni siquiera puedas alquilar un zulo por tu color de piel
casero
¿cuándo está el piso libre?
¿La de la foto eres tú?
No te lo tomes a mal, pero no alquilamos a gente extranjera
Enviar
O encontrar el trabajo menos precario en silla de ruedas
Linkedin
Su candidatura ha sido rechazada
SOLICITUD RECHAZADA
X
infojobs
Lamentamos informarte de que no has sido seleccionada
No has sid elegida, lo sentimo
O que en el instituto te hagan *bullying* por tu identidad de género
¡Machorra!
¿Dónde vas así vestida?
Bollera de mierda
Bueno, pues ya no me quejaré más...
Sí, total, siempre va a haber alguien en una situación peor que la mía...
¡No es eso!
Se trata más bien de que no perdamos la perspectiva
Y de que nuestras voces no impidan escuchar ni amplificar las de las demás

Y, SI HAY ALGO TAAAAN INTENSO COMO LA AMISTAD ARCOÍRIS, ESO ES EL AMOR

(CONCRETAMENTE EL AMOR ROMÁNTICO)

Así que hoy quiero hacer un poco de didáctica y enseñarte cómo funciona este mundillo frenético
Acompáñame a mi taller
Esta es la primera munición que se envía
¿Los efectos secundarios? Desconcierto, miedo...
Y a veces negación
ALETEO premium
ALETEO suave
NUDOS DE ESTÓMAGO
NUDOS DE ESTÓMAGO FORTE
SUDOR FRÍO
A FLOR DE PIEL Nervios
SONRISITA TONTA
LANZAMIENTO
El día que tengas lechuga en el diente
INTENSIDAD
7'8 en la escala de Richter
POTENCIA
VELOCIDAD
RECIPROCIDAD
Casi seguro que no
TRAYECTORIA
Aunque, sin duda, esta es nuestra principal herramienta de trabajo
Te aviso: no la verás venir
¿El índice de fracasos? Sí, en fin, es bastante alto, pero a estas edades ya se sabe...
A este otro repunte le llamamos cariñosamente repunte Erasmus
FRACASO
EDAD
De todas formas, en la oficina no nos gusta llamarlos fracasos, sino "experiencias"; ya sabes, ante todo, naturalidad
CUPIDO DE OFICIO
En fin, que me encantaría poder prometerte que todo saldrá bien
Pero, ya sabes, solo soy un pretexto inventado para que no dejes de tener nuevas ilusiones...
... y haya algo de esperanza en las decepciones

HABLEMOS DE COSAS INTENSAS

- ☐ UY, UY, QUÉ NERVIOS
- ☐ ME SALTO ESTA PÁGINA

Cuando va pasando el tiempo (y vas creciendo), es posible que la relación sea menos intensa o que incluso se diluya porque los caminos se separen...
La verdad es que ya no me gusta tanto el rojo...
El naranja realmente APESTA
Lo de vestirnos así da un poco de vergüenza ajena...
Hoy no puedo quedar, me voy con mis amigas de la uni
Yo me voy con mi novio
Adióóóós

Siempre solemos hablar de que las buenas amigas son para siempre
Sé mi amiga hasta que me muera o serás una...
MALA AMIGA

Pero, si al final resulta que no es para siempre, no significa que sea menos valioso
Ni menos real
Ni menos importante
Ni menos auténtico

Cambiamos nosotras y cambian las relaciones que tenemos con los demás. Lo importante es que si miras atrás te sientas feliz de haber compartido tantos momentos importantes
Esto último me está quedando un poco moñas, pero ya te avisé al comenzar la página

HABLEMOS DEL FUTURO
Y DE LAS EXPECTATIVAS

- ☐ POR LAS NUBES (Y SUBIENDO)
- ☐ POR EL SUBSUELO (Y BAJANDO)

Para que lo sepas, las cosas pasarán más o menos de la siguiente manera:

Tranquila si no has pasado del punto 2. Era coña. Es posible que sea algo más como esto:

Lo que quiero decir con esto es que parece que a veces vivimos ignorando el error
Siento una presencia
Tss-tss, estoy aquí... ¿me oyes?
Serán gases
Y generamos unas expectativas irreales que son muy muy difíciles de cumplir
En mi cabeza quedaba espectacular
Y cuando, efectivamente, no se cumplen, parece que es el mismísimo fin del mundo
Dios mío, he empezado a estudiar biología marina y en realidad odio los peces
¿Cómo disfrutaré ahora de mis años de Universidad a la vez que aprendo?
¿Cómo me graduaré?
Y sobre todo: ¿Cómo seré feliz el resto de mi vida?
Spoiler: Nada es tan grave
No sé qué hacer con mi vida, pero el sol sigue saliendo
Tiene pinta de que nunca me casaré ni tendré 20 unidades de hijos tal y como me imaginaba
Pero... casi que me quito un peso de encima
Y que le den a la biología marina
Tampoco es que seamos amigos-amigos... pero, ya que tenemos que convivir, vamos a tomar algo

Y, YA QUE HABLAMOS DE ERRORES, DÉJAME CONTARTE UNA HISTORIA

- ☐ ¿OTRA?
- ☐ VOY A POR (MÁS) PALOMITAS

Por suerte, las dudas iniciales se disiparon rápido y pude disfrutar bastante de la mayoría de asignaturas
Por desgracia, cuando veía que se acercaba el momento de buscar trabajo, volvieron las dudas
IDEA
DE
PUÑETERA
QUÉ
HACER
NI
Así que para demostrarme a mí misma que Bellas Artes servía para algo, empecé unas prácticas en un sitio sin calefacción y que tenía el cadáver de un pequeño pájaro en la ventana
Joder, qué frío hace aquí
Una metáfora perfecta de mi futuro en aquel lugar
Lo veo negro
Te diría que al menos merecía la pena cuando abría la cuenta del banco a finales de mes, pero te estaría mintiendo
31 de abril
Transferencia +256,32€
Quedaría un cierre de historia genial si te dijera que haber aprendido qué es una plomada me ayudó a encontrar el trabajo de mis sueños
Pero, efectivamente, también te estaría engañando
De hecho, esto no es el cierre de nada, sino más bien el inicio de una odisea

La odisea de encontrar el trabajo creativo menos precario del panorama
¿Horas extras remunequé?
1€
Jefes que te chupan la energía y las ganas de vivir
Beca con un nombre inspirador que se prorroga hasta que tienes 40 años y canas
Libertad creativa total (es broma)
Cementerio de aspiraciones
Socorro, llevo un mes comiendo ensalada del Mercadona
"Aquí somos una familia" (de zombies)
Creative director manager con gafapasta por 600€ al mes
El fango de la conciliación
Por supuesto que podrás teletrabajar (un día al año)
Todos los días trabajas 3h más de lo que pone en tu contrato a cambio de que en tu cumple tienes la tarde libre
Los jóvenes no tienen ganas de trabajar
Otro jefe explotador

Y ASÍ ES COMO ME CONVERTÍ CONMIGO MISMA EN UNO DE ESOS JEFES QUE HACEN COSAS COMO LAS DE LA PÁGINA ANTERIOR

(SÍ, YA ME VALE)

HABLEMOS DE DINERO

No me hacían falta clientes...
¡Porque ya me regateo a mí misma con cualquier excusa mala!
Por suerte, esto también se aprende. Y del auto-regateo se sale
Pues serían 1000€
Genial, aquí tienes
DINERO
Espera, espera, no estoy diciendo que te vayan a pagar siempre lo que pidas, no flipes
Somos clientes crápulas y venimos dispuestos a regatearte hasta el último céntimo aunque estemos podridos de billetes
Llevamos camisa pero lo que queremos es rajarte
Y además soltaremos algún comentario fuera de lugar, que para eso pagamos
Y, para terminar, un último pensamiento
El dinero no lo es todo (por eso he dejado el tema para el final), pero es necesario
Por ejemplo, para comer
No está mal querer ganar dinero
Y por supuesto: no está mal querer ganar dinero dedicándote a lo que te gusta
Por lo menos hasta que podamos alimentarnos de *likes* de Instagram

Y, PARA TERMINAR, UN RESUMEN...

- ☐ ME ENCANTA REPASAR TEMARIO
- ☐ OMITIR TURRA

Por suerte, el movimiento feminista no para de crecer
Y lo que nos queda, chata
Tenemos que hablar más de dinero
Si no deja de ser un tabú, no me iré nunca
SÍNDROME DE LA IMPOSTORA
Nadie sabe lo que es una plomada
Pero todos sonreiremos y fingiremos que hace tiempo que la usamos
Que algo no sea para SIEMPRE-JAMÁS no significa que no sea valioso
Amigas hasta que la vida nos separe
Casi nada es tan grave como parece
El 98'5% de las veces que piensas que se va a acabar el mundo, finalmente el mundo, efectivamente, no se acaba
No lo digo yo, lo dicen los datos
Y ya solo falta un detalle sin importancia
Que lo experimentes por ti misma
FIN

MOTORHEAD
NIRVA

BÀRBARA
ALCA

AUTOCONOCIMIENTO

De peque te decían lo que tenías que hacer, y tú, como niñx buenx, cumplías con todo, hasta el punto de no saber qué querías o qué te gustaba a ti.

Incapaz de tomar tus propias decisiones. De identificarte. Sin saber QUIÉN ERES.

Lxs adres van preparando un molde para ti, esperando (casi siempre) que eso haga que tu vida sea un poquito mejor.

Querrás formar parte de un grupo para sentirte comprendidx, jugarás a ser góticx, *cottagecore*, *e-girl/boy*... Pero la ropa y la música son algo externo a ti.

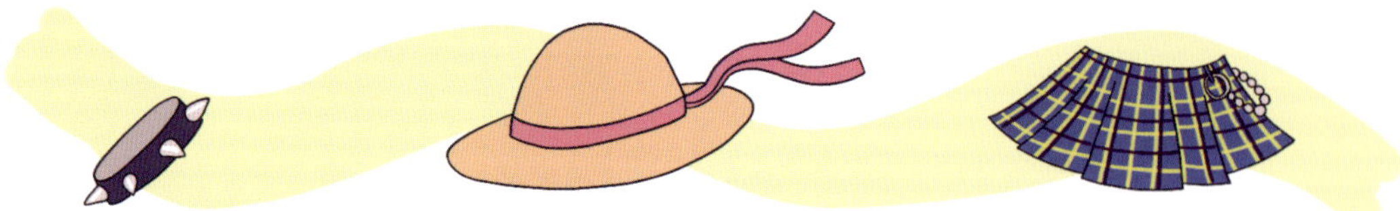

Vas a estar conociéndote toda la vida, te preguntarás lo mismo una y otra vez.
Por eso es importante hacer un chequeo regular:
tu música/ manera de vestir
cosas que te ponen de buen humor
cómo reaccionas ante el conflicto
¿prefieres estar solx o acompañadx?
recuerdos de la infancia
¿cómo cuidas de la gente a quien quieres?
tus traumas

AUTOESTIMA

A medida que te conozcas, verás cosas que no te van a gustar de ti mismx. No hablo de tu nariz o del color de tu pelo. Aspectos que, aunque no quieras, forman parte de ti.
Contesto mal a la gente cuando recibo una crítica...
Critico a lxs demás a sus espaldas...
Dejo de hablar a alguien que me importa cuando nos peleamos...
Tanto lo que nos gusta de nosotrxs mismxs, como lo que no, son cosas que aprendimos y que nos funcionaron.
Y, cómo no, se puede desaprender.

MIRA CÓMO TE HABLAS, QUÉ COSAS TE DICES, que a veces te pasas tres pueblos, para abrazarte un poco mientras trabajas por mejorar.

A medida que te vayas repitiendo a ti mismx que estás aprendiendo y que cada paso es un progreso, tu autoestima se verá favorecida, porque sabe que te estás cuidando y que estás haciendo esfuerzos por cuidar de tu gente como lo han hecho contigo.

CUANDO LAS COSAS CAMBIAN EN TU INTERIOR...

... LAS COSAS CAMBIAN A TU ALREDEDOR

IMAGEN PERSONAL

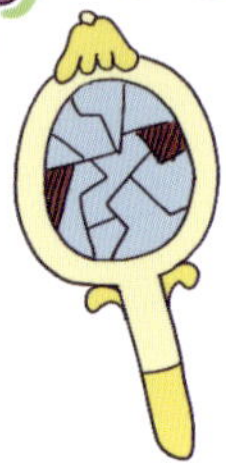

Tu cuerpo está cambiando, y no te gustará todo. Envidiarás y admirarás a compis de clase que son "superpopulares y superguapxs" que estarían elegantes hasta con un saco de patatas, pero... ¿acaso eso lo es TODO?

A veces nos comparamos con las personas de nuestro alrededor (y hacemos mucho eso de centrarnos en lo que nosotrxs no tenemos) pero... ¿y si piensas en todas las cosas buenas que tú tienes?

Pero, ¡claro!, estas no se ven a simple vista.

SALUD SEXUAL

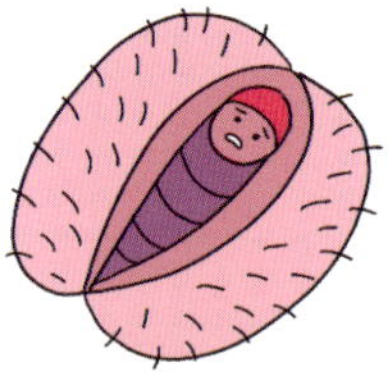

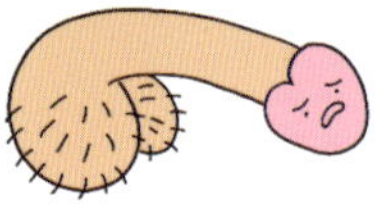

Vas a empezar a ser sexualmente activx y estarás flipando en tu burbuja de emociones ante esta etapa.

Es posible que la persona con quien vayas a mantener relaciones te suelte una de estas frases:

Existen dos opciones ante una de estas situaciones:

A) Decides tener relaciones de riesgo sin protección (aunque no estuvieras de acuerdo, o sea, que una vez más has ignorado tus propios límites por NO INCOMODAR a una persona).

B) Le dices que o usáis la goma o que se vaya de la mano de sí mismx.

El 80% de las veces terminaréis usándolo si escoges esta.

Recuerda que sin penetración también existen relaciones sexuales, y debemos proteger esas partes igual.

Es importante el chequeo regular, sobre todo si tienes varias parejas sexuales. Esa es la única manera de saber que todo va bien y puedes seguir disfrutando del sexo respetando tus límites y los de lxs demás.

ENFUNDA LA ESPADA

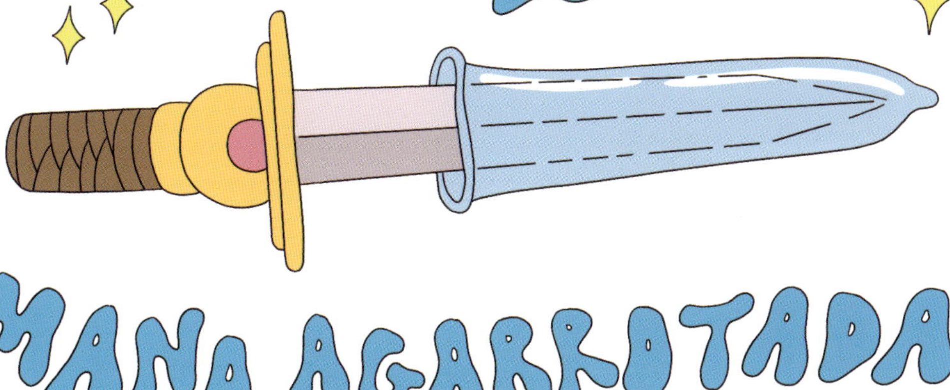

O MANO AGARROTADA

RELACIONES DE PAREJA

Desde que empezamos a ver pelis y series, vemos a los personajes como una mitad de otra cosa, piezas de un puzle esencial para que nuestra vida tenga sentido.

Eso es:

LA PAREJA

Así es como terminan todas las pelis, ¿no? Es, por tanto,

EL OBJETIVO FINAL.

Crecemos sintiéndonos incompletxs.

Cuando encontramos a alguien a quien gustamos, hacemos LO QUE SEA para seguir gustándole.

Aunque signifique:

- Inventarte una personalidad,
- ignorar tu bienestar y tus necesidades,
- poner a la otra persona por delante,
- etc.

Pero es necesario que sepas ubicar qué cosas no forman parte de una relación sana y bonita, como puede ser el control, que te quiera mirar el móvil, que te falte al respeto verbalmente y que no sea clarx contigo ni con sus sentimientos.

AMISTAD

En este momento, vas a vivir experiencias flipantes entre tus amistades. Os marcarán para siempre... ¡Aprovecha!

Lxs amigxs serán un fuerte pilar para ti y para tus rayadas de cabeza.

Como psicólogxs GRATIS

Pero el amor entre lxs amigxs no es incondicional, y habrá tensiones o, peor, a veces descubrirás que en realidad no eran tan amigxs.

- Quizás unx amigx de tu grupo se echará novix y desaparecerá.
- Puede que seas tú quien esté más pasota y decepciones a alguien.
- Puede que descubras que vuestros privilegios son distintos y eso genere incomprensión y envidias.
- Puede que te quieran obligar a hacer algo que no quieres (y por tu bien será mejor que te alejes).

Cuidar a las amistades es esencial para que tus amigxs se sientan valoradxs y no solo "un cubo de tus dramas". Recuerda que el mundo no gira solo a tu alrededor.

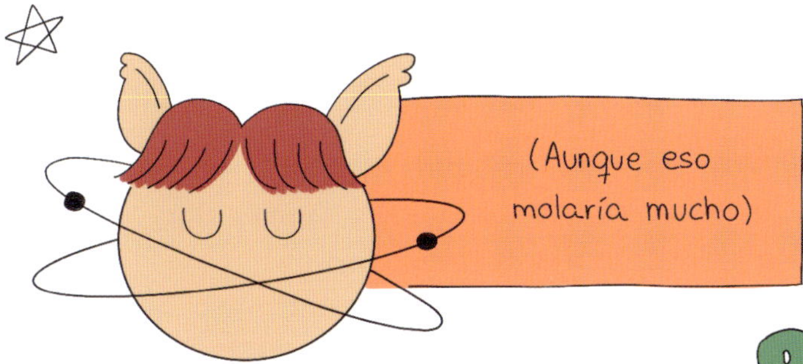

FAMILIA

La familia es algo difícil de explicar, ya que es muy cambiante. Cuando nacemos, nuestra familia es el nido en el que crecemos de manera segura y nos mantiene a salvo de manera incondicional (en principio).

A medida que crecemos, y sobre todo ahora, en esta época, vas viendo que tus adres no lo saben todo, que incluso se equivocan o que te piden ayuda. Empezarás a juzgarlxs de otra manera y a buscar tus propios referentes.

Detestarás su figura de autoridad porque tú ya sabes hacer muchas cosas solx, pero...
ABRÍGATE, QUE HACE FRÍO
¡NO!
Ellxs solo quieren seguir educándote y dándote lo mejor.
Con los años, tus adres dejarán de ser tus adres, para pasar a convertirse en unxs compañerxs de viaje más a quienes confiarles tus miedos, y viceversa, a quienes dar apoyo en momentos de debilidad y con quienes compartir tus vivencias.
En ese momento, ya te podrás considerar una persona adulta.

ACOSO

Estás viendo una peli con tus amigxs. Chica conoce chico, los dos juntos son unos tóxicos de mierda. Ella en algún momento le grita, enfadada:

Se marcha corriendo. Probablemente en esta escena está lloviendo.

En la siguiente escena, ella mira por la ventana de su chalet de dos pisos y ahí está él, el cansino, con una guitarra y un ramo de flores.

Según cuál sea el nivel de vuestras hormonas, algunxs de tus amigxs y tú diréis:

Pero, queridx, esto es acoso (aunque en la peli no te lo pintarán así y tú aprenderás a actuar de forma similar y a ver normal que alguien haga lo mismo contigo).

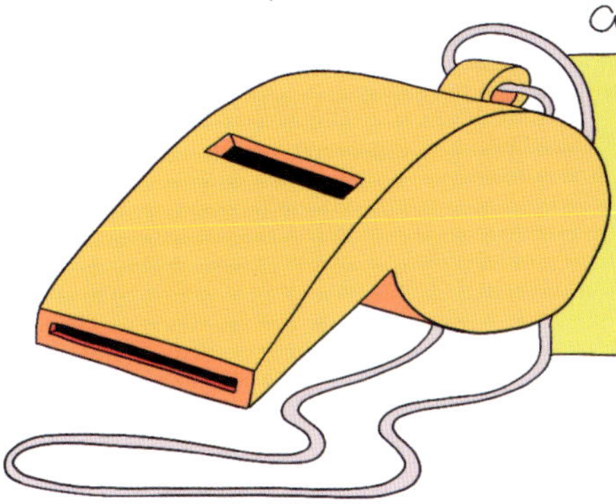

CUANDO LE MARCAS UN LÍMITE A UNA PERSONA Y ESA PERSONA SE LO SALTA, ES UNA FALTA DE RESPETO A ALGO BÁSICO:

Si te ves siendo protagonista de una de estas escenas de lluvia y quieres solucionar las cosas con esa persona, no le digas "NO VUELVAS A DIRIGIRME LA PALABRA", porque si esa persona tiene un mínimo de decencia respetará tus límites y no te hablará más.

SÉ CLARX CON TUS PALABRAS Y NO TEMAS BLOQUEAR

EMPLEO

Dentro de poco vas a tener tu primer trabajo. Puede que lo compagines con tus estudios o que te embarques en un trabajo a jornada completa.

Te puede tocar unx jefx enrollax de verdad, o unx jefx tostón, pero la relación no deja de ser la misma: tú desempeñas un trabajo a cambio de un salario.

A algunxs jefxs les encanta recordarte que eres prescindible para que te sientas en eterna deuda con ellxs (*bullshit*). Suelen saltarse eso de los...

Sobre todo cuando eres joven y no conoces mucho sobre el tema.

Ningún trabajo vale tanto la pena como para dejar que te exploten.

NO VAS A HEREDAR LA EMPRESA

PRECARIEDAD

Hay un momento muy dulce en la vida en el que trabajas y vives en casa de tus adres. No tienes responsabilidades adultas, ¡pero tienes dinero! Y creerás que la vida es así.

Cuando te independices, verás que la cosa se complica algo más.

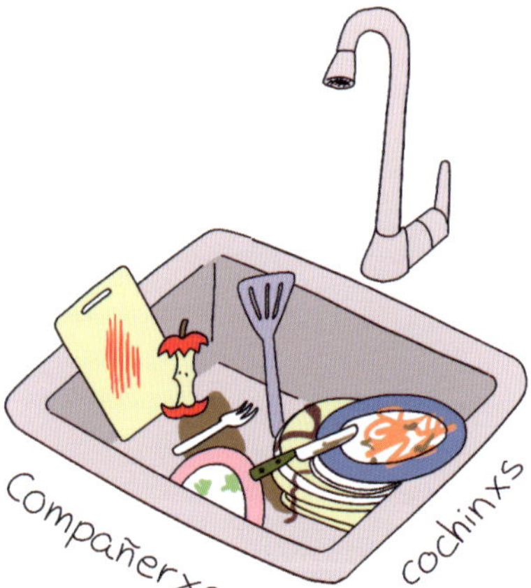

Compañerxs de piso cochinxs

Queso, lujo de unxs pocxs

Una lavadora y otra y otra y otra...

Algunas generaciones anteriores a la tuya juzgarán que no te estás esforzando lo suficiente, ignorando que tu situación no es en absoluto como la suya. No te compares ni te frustres porque el pasado pudiera ser mejor. ¡De esto se sale!

En esta situación, pensar a largo plazo es una buena ayuda. Visualiza cómo quieres que sea tu futuro, qué necesitas para lograrlo, qué limitaciones vas a encontrarte (todxs tenemos)...

¡Y A LUCHAR!

REDES SOCIALES

Lo que empezó siendo una herramienta para hablar con gente virtualmente...

se ha convertido en una competición para ver 'quién X más'.

Te compararás con personas que van a por el pan en yate o limusina...

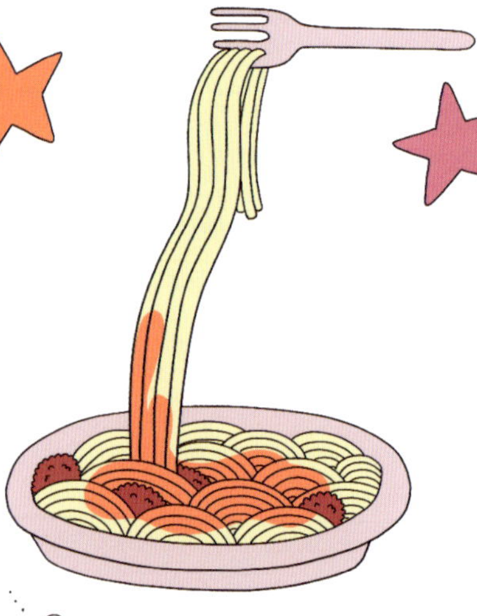

... que comen en los mejores restaurantes...

... que visten cada día con ropa de lujo...

Básicamente estarás pegadx a la pantalla durante horas simplemente pensando:

YO TAMBIÉN QUIERO

SI TE HACE SENTIR PEQUEÑX, DESINSTALA O BLOQUEA

MEDIOS DE COMUNICACIÓN

¡Espero que estés poniendo bien en marcha tu espíritu crítico! Lo vas a necesitar.

En los medios de hoy en día tenemos un problema con los titulares. Cuando entras a la noticia para leerla, te encuentras con que el titular se contradice con la propia noticia o crea algún juego de palabras de doble sentido.

Pero… ¿quién lee la letra pequeña de una noticia? Poquísima gente.

Antes de creerte lo que dice ese medio de comunicación, busca la fuente, contrasta y observa quiénes financian cada medio.

Las opciones son:

- Eléctricas (culparán al gobierno del precio de la luz).
- Multinacionales (culparán a la guerra por los precios astronómicos).
- Lxs amigotxs empresarixs de lx propietarix del periódico (normalizarán el precio de la vivienda).
- Suscriptorxs (Culparán a lxs responsables de la mala gestión de todo).

¿ES INFORMACIÓN O SOLO QUIEREN ATENCIÓN?

SALUD MENTAL

Está claro que todxs tenemos nuestros **MALOS**
Pero ¿qué pasa cuando estos **DÍAS**
se alargan durante meses o años?

A ti no te han enseñado ni a pedir ni a llorar, que son dos cosas básicas para poder expresarte libremente. Pero por el momento te sientes mal por pensar en pedir ayuda psicológica, no vaya a ser que hagas sentir mal a tus adres por haber "salido así".

Lo raro sería no estar mal a tu edad, sin saber qué va a pasar en el futuro, con esta crisis climática y este plan de que estemos cada unx yendo a nuestra bola y apenas preocupándonos por el bienestar de lxs demás.

Vaya sociedad más fea se nos ha quedado, ¿no?
A tu alrededor te van a decir frases caca:
¡No estés mal!
¡Búscate un hobby!
¡Sal con amiguis!
(como si fuera así de fácil)
Todxs necesitamos ayuda alguna vez, que no te hagan creer lo contrario personas asustadas con ser vulnerables.
LXS VALIENTES ADMITEN SER VULNERABLES

DANIELLA MARTÍ

Amistad, divino tesoro

LA AMISTAD ES COMO CUALQUIER TIPO DE RELACIÓN:

Y COMO CUALQUIER RELACIÓN: PUEDE TERMINAR. LAS PERSONAS CAMBIAN CON EL TIEMPO Y ALGUNAS VECES ESE CAMBIO YA NO CONECTA CON LO QUE TÚ ERES.

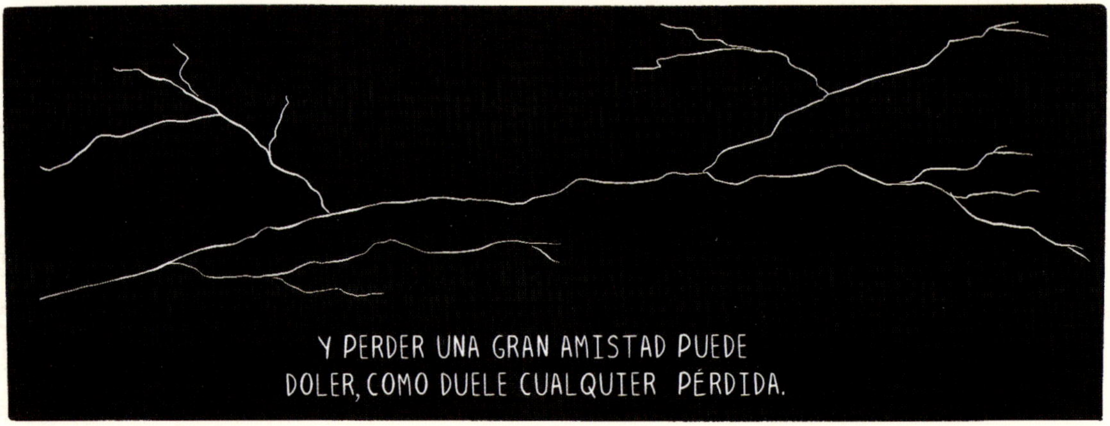

PERO HAY QUE CONTINUAR.
CONSERVAR A LAS BUENAS PERSONAS QUE LLEGAN A TU VIDA Y TAMBIÉN DEJAR IR.

NO SÉ SI EXISTA ALGUIEN QUE QUIERA CONOCERME DE VERDAD Y COMPARTIR CONMIGO. HABIENDO TANTAS PERSONAS EN EL MUNDO, TAL VEZ ALGUIEN CONECTE CON MI FORMA DE SER Y YO CON LA SUYA EN EL MOMENTO MENOS ESPERADO.

El autoconocimiento

ÉRASE UNA VEZ ALGUIEN

MIRANDO EL MÓVIL NADA MÁS ABRIR LOS OJOS

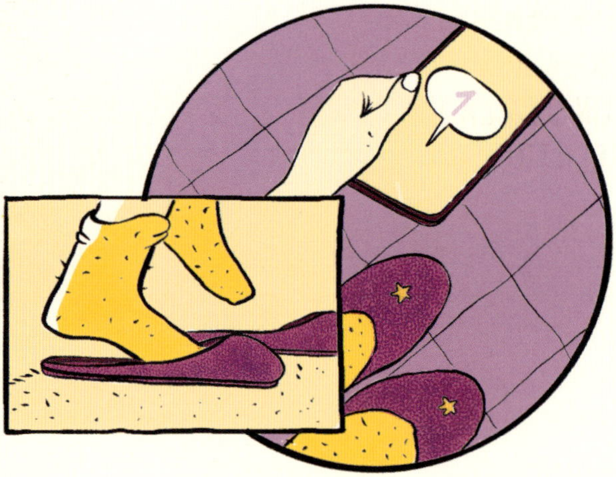

SEGURAMENTE LE HAN PREGUNTADO QUIÉN ES MUCHAS VECES Y HA RESPONDIDO A CADA VEZ:

SIN PENSAR REALMENTE EN LA RESPUESTA. HASTA QUE UN DÍA LA PREGUNTA SURGE DE ADENTRO.
¿QUIÉN SOY?
SIN PENSARLO, BUSCAMOS DISTRACCIONES PARA EVITAR MIRAR HACIA ADENTRO.
EL AUTOCONOCIMIENTO ES ALGO QUE NUNCA TERMINA.
ES DIFÍCIL. TOMA TIEMPO. Y NO TIENE NADA QUE VER CON LAS PUBLICACIONES DE INTERNET QUE TE INVITAN A AMARTE SIN AUTOCRÍTICA NI REFLEXIÓN. ES UN PROCESO ÚNICO QUE PUEDE EMPEZAR A CUALQUIER EDAD.
Y LO VALE TODO.

No te agobies con el Cambio Climático

TODO PARECE MUY DIFÍCIL AHORA.

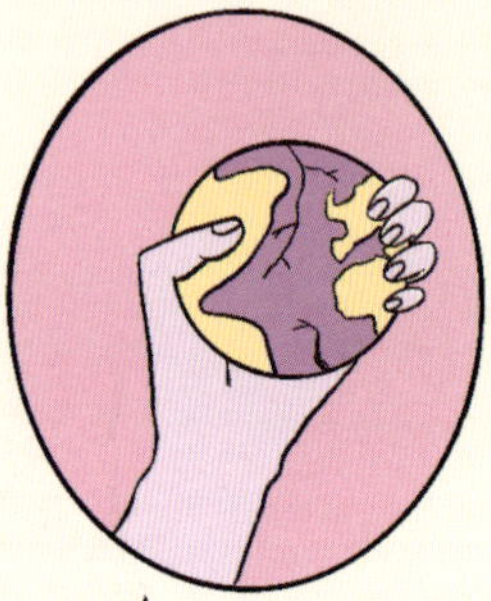

¿NO?

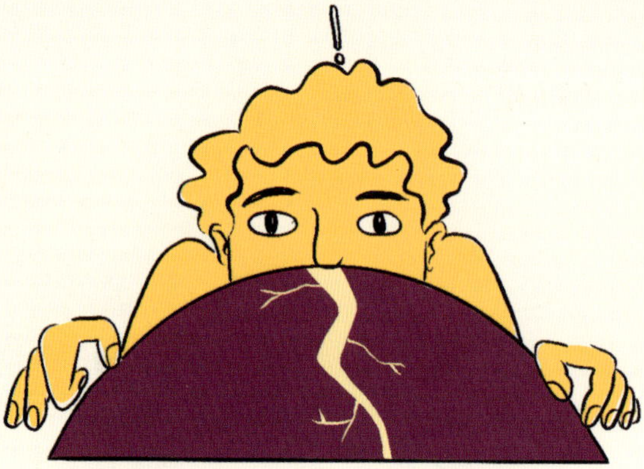

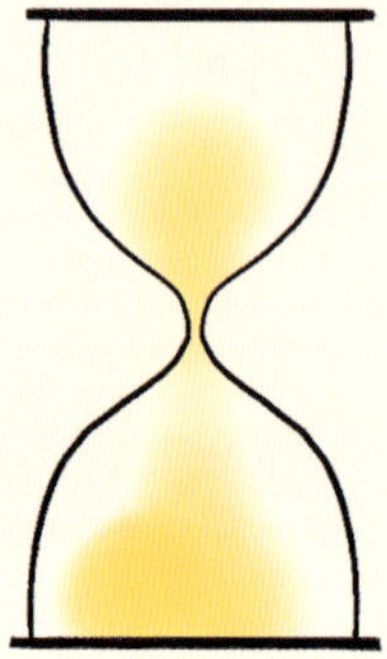

SIENTES QUE TE HAN DEJADO LO PEOR A TI.

Y PIENSAS:

NO TE PONGAS LA CARGA EN TUS HOMBROS. EL FUTURO NO DEPENDE SOLO DE TUS ACCIONES.

DEPENDE DE LAS GRANDES EMPRESAS Y DE LAS LEYES.

EL MUNDO SIGUE GIRANDO

Y TÚ SIGUES VIVIENDO.

ASÍ QUE DESDE TU LUGAR PUEDES EMPEZAR POR SER CONSCIENTE DE LO QUE TE RODEA Y HACER LO QUE PUEDAS A TU ESCALA.

La discriminación

LA DISCRIMINACIÓN ES UNA MANIFESTACIÓN DEL MIEDO. PORQUE CADA PERSONA TIENE UNA HISTORIA TAN VÁLIDA COMO LA TUYA. SIMPLEMENTE NO LA CONOCES.

LA CLAVE ES EL RESPETO MUTUO.

No te agobies (tanto) con el tema del trabajo.

NO TIENES QUE SABER QUÉ HACER CON TU VIDA YA. NI EN CINCO AÑOS. SI ALGO TE GUSTA DE VERDAD, APRENDE Y PRACTICA TODO LO QUE PUEDAS DESDE YA.
SI TODAVÍA NO SABES LO QUE QUIERES, EXPERIMENTA Y APRENDE DE TODO UN POCO: TODO SIRVE.
ASÍ PODRÁS CAMBIAR NUESTRO FUTURO...
Y TAL VEZ EN ESTA LÍNEA TEMPORAL NO PROCRASTINES AL TENER UN ENFOQUE Y PUEDAS TRABAJAR EN LAS COSAS QUE TE GUSTAN.
¡LO HARÉ!

La familia

LA FAMILIA SE PUEDE ELEGIR.
¿EH? NO. NO PUEDO ELEGIR A MIS PADRES...
ESTÁ LA QUE TE TOCA.
ME REFIERO A QUE HAY MUCHOS TIPOS DE FAMILIA.
Y LAS PERSONAS CON LAS QUE EMPIEZAS A CONSTRUIR OTROS VÍNCULOS.
CUANDO COMPRENDAS QUE TU TIEMPO. ENERGÍA Y CARIÑO SON VALIOSOS Y LIMITADOS. APRENDERÁS A ELEGIR MEJOR CON QUIEN COMPARTIRLOS.
SI NO NACISTE EN UNA FAMILIA QUE TE QUIERE. TE RESPETA Y TE CUIDA.
PUEDES CREAR UNA NUEVA.

UN DÍA TÚ CREARÁS TU FAMILIA A TU MANERA.

PERO DÉJAME DECIRTE ALGO: ¿VA A SER FÁCIL? SPOILER: NO. O BUENO, NO SIEMPRE.

TEN EN CUENTA QUE SOMOS DIFERENTES. CADA QUIEN TIENE SU PASADO, SUS MIEDOS, SU CONTEXTO... Y YA QUE ESTAMOS, UN CONSEJO: QUIEN HACE LA COMIDA NO LAVA LOS PLATOS.

El futuro está aquí

NO TE CARGUES EL MUNDO ENCIMA.

LA SOLUCIÓN NO DEPENDE DE TI.

NI SIQUIERA SÉ QUIÉN SOY
NI QUÉ HACER.

«HAZ LO MEJOR QUE PUEDAS
POR TI Y POR LOS DEMÁS».

La imagen de los otros

LA BELLEZA ES ALGO QUE ES DIFERENTE PARA CADA PERSONA.

LO QUE ES BELLO PARA TI, PARA OTRA PERSONA PUEDE NO SERLO Y ESTÁ BIEN

NO PASA NADA

EN ESTE CASO, LA OPINIÓN AJENA DA IGUAL

AUNQUE PAREZCA QUE NOS OBSESIONA SER DIFERENTES, AL MISMO TIEMPO NOS AGRADA ENCONTRAR PERSONAS QUE SE PARECEN A NOSOTRAS EN MUCHOS ASPECTOS.

TU OPINIÓN SOBRE EL CUERPO O LA APARIENCIA DE OTRAS PERSONAS NO IMPORTA. SEGURAMENTE YA SE HAN VISTO EN UN ESPEJO.

ASÍ COMO A TI NO TE GUSTA QUE OPINEN SOBRE TI A NO SER QUE LO HAYAS PEDIDO, ES IGUAL AL REVÉS.

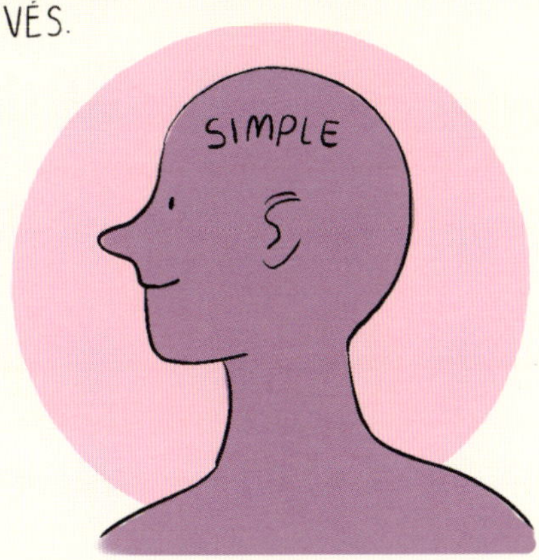

ADEMÁS DE QUE CADA QUIEN ESTÁ VIVIENDO LA PELÍCULA DE SU PROPIA VIDA.

O SEA, QUE BÁSICAMENTE NADIE ESTÁ TAN PENDIENTE DE TU VIDA COMO CREES.

PERO, SI ALGO ES CIERTO, ES QUE CUANDO TE DICEN ALGO BUENO TU DÍA MEJORA. ¿POR QUÉ NO HACER LO MISMO CON LOS DEMÁS?

EN UN UNIVERSO MUY LEJANO, HABÍA UN PLANETA EN EL QUE <u>LA VERDAD</u> PODÍA SER PERCIBIDA A SIMPLE VISTA.

NO COMO EN NUESTRO PLANETA. DONDE A <u>LA VERDAD</u> HAY QUE PERSEGUIRLA. APRENDER A RECONOCERLA.

ANTES LOS MEDIOS TRADICIONALES CONTROLABAN TODA LA INFORMACIÓN. PODEMOS PENSAR QUE ERA MÁS FÁCIL MANIPULAR LA VERDAD.

Y PODRÍAMOS PENSAR QUE INTERNET, AL ESTAR A NUESTRO ALCANCE, NOS ACERCA A LA VERDAD. PERO EN INTERNET CADA VEZ HAY MÁS...

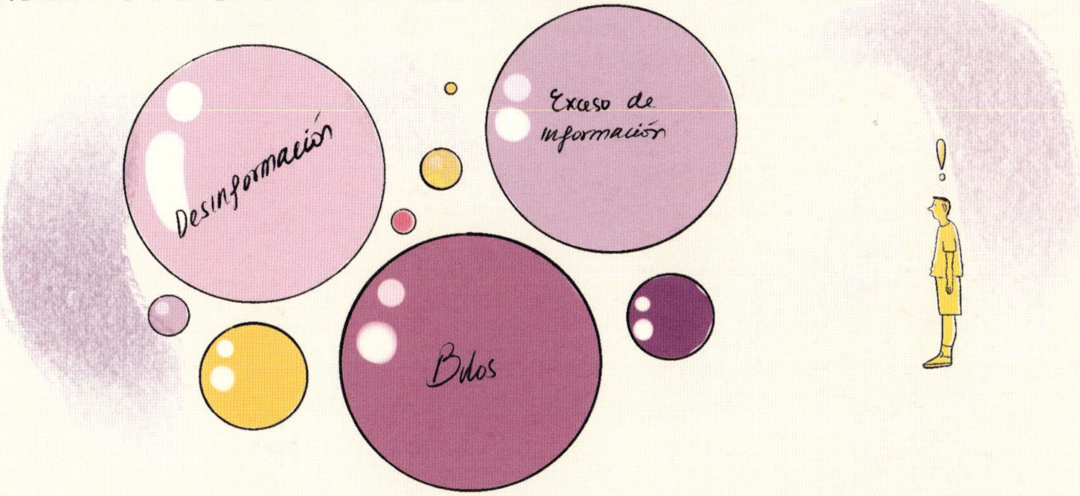

POR ESO, AUNQUE PROBABLEMENTE ESTAR AL TANTO DE LO QUE SUCEDE EN EL MUNDO NO TE ENTUSIASME MUCHO, TE DÉ PEREZA Y PREFIERAS HACER OTRA COSA, INFÓRMATE, PERO BIEN.

VERIFICA FUENTES OFICIALES.

INVESTIGA TAMBIÉN POR TU CUENTA.

CONTRASTA INFORMACIÓN Y NO TE QUEDES CON LO PRIMERO QUE VES.

¡Preservar la Naturaleza: Una prioridad!

TODO CAMBIA CUANDO TE DAS CUENTA DE QUE SOMOS PARTE DE LO MISMO.

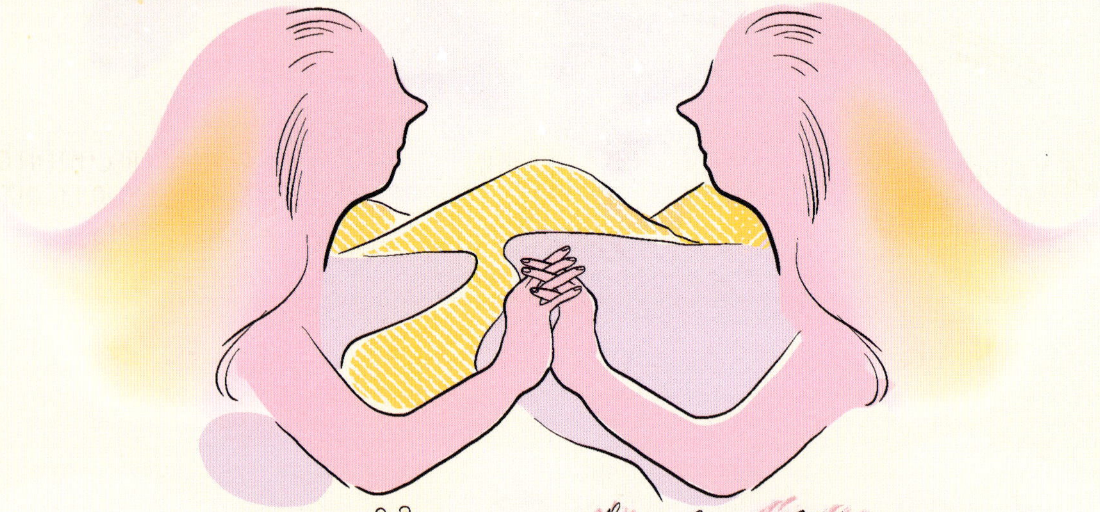

EL CAMPO TIENE QUE VER CONTIGO MÁS DE LO QUE PIENSAS. INCLUSO SI SIEMPRE HAS VIVIDO EN LA CIUDAD.

LA TIERRA ESTÁ VIVA.

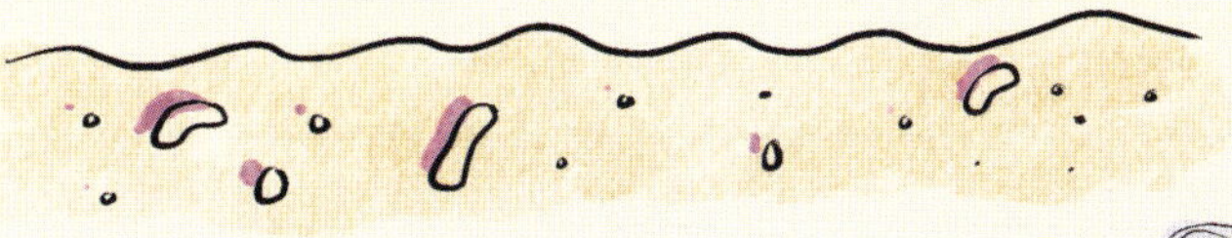

Y ESA VIDA ES FUNDAMENTAL

PARA EL CRECIMIENTO SANO DE TODO LO QUE COMES.

APRENDER ACERCA DE LA AGRICULTURA REGENERATIVA ES UNO DE LOS GRANDES RETOS DE ESTE SIGLO.

ADEMÁS DE QUE PUEDES EMPEZAR EN TU CASA CON LAS SEMILLAS DEL TOMATE CHERRI QUE DEJASTE EN LA ENSALADA.

Atrapadas en las redes

MIRO EL MÓVIL TODO EL DÍA.

LO MIRO PARA DISTRAERME. LO NORMAL.

LO MIRO PORQUE TODO EL MUNDO LO MIRA, ¿NO?

PORQUE SIENTO QUE, SI NO LO MIRO, ME PIERDO COSAS.

Y NO ME QUIERO PERDER NADA.

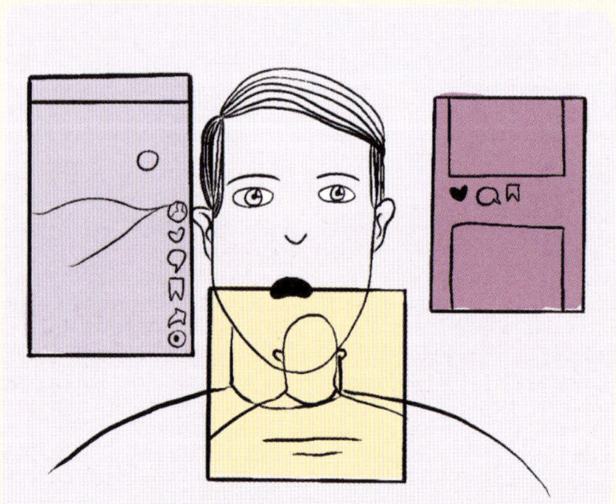

PERO LUEGO NO SÉ ESTAR COMPLETAMENTE EN SILENCIO.

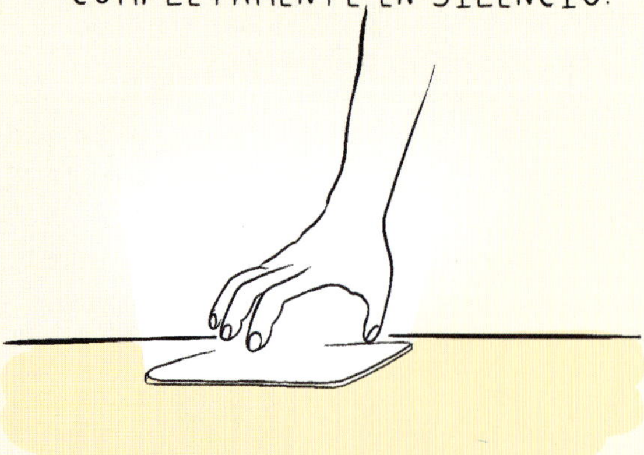

CUANDO ESTOY EN REDES SOCIALES SOY FELIZ. ME MUESTRO COMO QUIERO QUE ME VEAN. COMO QUIERO SER. Y VEO A LA GENTE CON LA QUE ME IDENTIFICO.

PERO NO SIEMPRE SOY COMO ME MUESTRO.

HAY GENTE QUE COMPARTE TODO Y GENTE QUE SOLO MIRA.

YO NO SE QUIÉN QUIERO SER. O CÓMO QUIERO QUE ME VEAN.

LO REAL ESTÁ FUERA DE LA PANTALLA. SIEMPRE HAY ALGO MARAVILLOSO QUE VER FUERA.

¿El amor no es una mierda o *sí* es para ti?

AL FINAL, HAY COSAS EN LAS QUE COINCIDIMOS RESPECTO A CUALQUIER TIPO DE RELACIÓN:

Presta atención a tu salud mental

Y HAY EMOCIONES DE TODO TIPO:

TODAS SON VÁLIDAS. Y SI ALGUNA VEZ ALGUNA EMOCIÓN TE SOBREPASA:

MUCHAS PERSONAS SE SIENTEN COMO TÚ. LA SALUD MENTAL ES TAN IMPORTANTE COMO LA FÍSICA.

POR ESO ES IMPORTANTE PONERLE NOMBRE A LO QUE TE PREOCUPA Y HACER LO QUE TENGAS A TU ALCANCE.

LIMITA EL TIEMPO QUE PASAS EN INTERNET.

YA LO HAS ESCUCHADO ANTES. PERO ES VERDAD: MUÉVETE. HAZ EJERCICIO. TU CABEZA TE LO AGRADECERÁ.

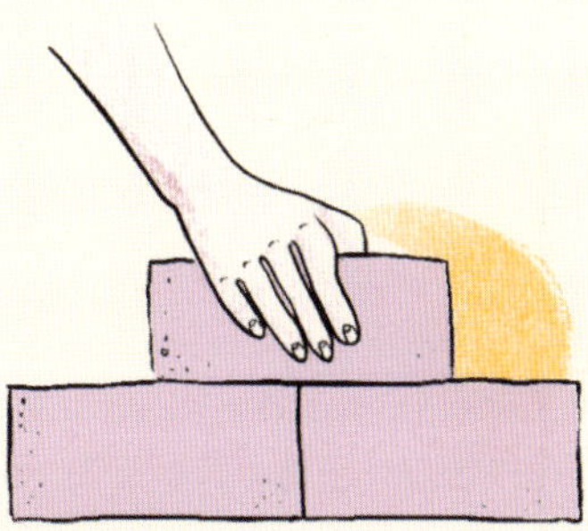

INVIERTE TIEMPO EN CONSTRUIR VÍNCULOS BUENOS. EN APRENDER ALGO NUEVO.